Von dem sterbenden reichen Menschen, Hekastus genannt

Hans Sachs

Personen

Hernach volgen die 19 personen in diese comedi

Der ehrnhold.

Hecastus, der reich sterbent mann.

Epicuria, sein gemahel.

Philocrates,
Philomaches, , 2 ehelich söhn.

Philepanis,
Panocitus, , 2 knecht.

Economus, der hausvogt.

Datrus, der koch.

Ancilla, die magd.

Nomodydastalus, der legat.

Virtus, die Tugent.

Fides, der Glaub.

Demones, der erst freund.

Singenes, der ander freund.

Hieronimus, der priester.

Plutus, der schatz.

Mors, der Todt.

Sathan, der teuffel.

Anno salutis 1549 jar, am 6 tag Septembris.

Actus I.

DER EHRNHOLD *tritt ein, neigt sich und spricht.*
    Heyl und genad von Got, dem Herrn,
    Sey euch allen nahet und ferrn,
    Ir erbern herrn und züchting frawen
    Und all, so hie wöllen zu-schawen
    Ein schöne comedi agirn,
    Wie mit wirthschafft und panckadirn
    Ein junger reicher stoltzer mann
    Sein zeit unnützlich hat verthan
    In allem wollust hie auff erdt,
    Darmit sein leib und seel beschwert,
    Das zukünftig gar nit betracht,
    Gottes und seines worts nit acht!
    Hört, schweigt und merckt und haldet rhu!
    Nembt anfang und mittel darzu,
    Wie es sich darmit enden thu!

HECASTUS *der reich mann, gehet ein, setzt sich und spricht.*
    Ich glaub, das kein glückhaffter mann
    Auff erd sey, der mir gleichen kan,
    Wann mir felt nichts an gut noch leib,
    Ich hab ein schön und freundlichs weib,
    Ein groß haußgsind und dapffer söhn,
    Mein dochter die sind zart und schön,
    Die schönsten heuser in der statt,
    Darinn den köstlichsten haußrat,
    Groß schätz von kleinoten und gelt,
    Auff dem land dörffer, vieh und feldt,
    Schlösser und sitz an manchem endt,
    Von den auffheb ich zinß und rendt.
    Drumb leb, meine liebe seel, von allem
    Güttern nach deinem wolgefallen
    Und für ein frewdenreiches leben!
    Thu fort in allem wollust schweben
    Mit gutn gesellen nacht und tag!
    Ker dich nit an der pfaffen sag,
    Die sprechen, das wir nach dem leben
    Des guts halb müssen rechnung geben!
    Das ich doch alles halt für lügen.
    Des wöll wir schlemmen, weil wir mügen.
    Ietzt geh ich zu meim freundt Deman,
    Das frümal mit im zeren than.
    Ghe, knecht, und heiß mir auß dem hauß

Mein frawen bald kommen herauß!

EPICURIA *das weib, kompt und spricht.*
    Mein mann, warumb ruffstu mir itz
    Rauß an lufft und der sonnen hitz?
    Kanstu mirs in dem hauß nit sagen?

DER REICH MANN *spricht.*
    Du schöne ros, was thustu klagen?
    Deck dein haupt mit eim schleyer zu!

EPICURIA *das weib, spricht.*
    Laß ab dein spott! sag! was wiltu,
    Das du mich rauß beruffen hast?

HECASTUS *der reich mann, spricht.*
    Da wil ich ietzund gehn zu gast
    Zu Demonem, meim guten freundt.
    Du aber richt uns zu auff heint
    Ein köstlich mal auffs aller-best
    (Wann ich wirdt haben ehrlich gest),
    Auff das wir ins erbieten wol!

DAS WEIB *spricht.*
    Mein lieber haußwirt, sag! und sol
    Ich ein news wider kochen heint,
    Weil nechten uberblieben seint
    Speiß gnugsam heint noch auf zwen tisch?

HECASTUS *der reich mann, spricht.*
    Hörst nit? gehe hin, koch lauter frisch!
    Wer wil dein uberbleibling essen?
    Wie ist dein kargheit so vermessen?
    Und das dich auch der ritt muß schütten!

DAS WEIB *spricht.*
    Ey vor dem wöll uns Gott behüten!
    Zürn nicht, mein mann! bedenck dich baß,
    Was der prediger sagen was,
    Am jüngsten tag rechnung zu geben,
    Was wir allhie in diesem leben
    Etwan so unnützlich verzern!

DER REICH MANN *spricht.*
    Die pfaffen thun nur sollichs lern
    Und trowen uns mit solchen dingen,
    Darmit sie das gelt von uns bringen,

Als weren wir mörder und heiden,
Denn solche trawort sind bescheiden.
Wir sind gut Christn und hören predig,
Geben almusen und sind ledig.
Darumb förcht dir nichts uberal!
Richt uns zu ein köstlich nachtmal!
Ietzund gehe ich dahin zu dem
Meim guten freund, du weist wol wem,
Wil bey im biß zu abend bleiben
Und mit kurtzweil den tag vertreiben.
Du, sag gar niemand, wo ich bin!

DIE FRAW *spricht.*
Ich wil es thun; geh du nur hin!

DER REICH MANN *spricht.*
Panocite, kom und gehe mit mir!

PANOCITUS *der knecht, spricht.*
Ja, herr, ich wil nach-tretten dir.

Der herr geht mit dem knecht ab.

DIE FRAW *schreit.*
Datre, Datre, kom rauß zu mir!

DATRUS *der koch, kompt und spricht.*
Hie bin ich, fraw! was wollet ir?

DIE FRAW *spricht.*
Da nem den korb und darmit lauff
Hin unter die fleischbenck und kauff
Umb die zwen schilling auff das best!
Der herr wil aber haben gest.

DER KOCH *spricht.*
Ja wol, zwen schilling klecken nicht.

DIE FRAW *spricht.*
Du hast gnug, du arger bößwicht!

DER KOCH *spricht.*
Nein fürwar, doch gib ich ein rath:
Wir wöllen heint zu abent spat
Das nechtig kalt brates dargegen
Under das warm frisch prates legen,

Das wir dest ringer kommen auß.

DIE FRAW *spricht.*
    Ja, thus! ich wil gehn in das hauß
    Und all ding verordnen besunder.

Die fraw geht ab.

DER KOCH *redt mit im selbs und spricht.*
    Ey sol nit einen nemen wunder
    Von der grossen kargheit der frawen?
    Ich muß nur mit dem fuchßschwantz hawon
    Und reden, was sie geren hört,
    Das sie sich nit gehn mir entpört.

Der koch gehet mit dem korb ab.

DER REICH MANN *kompt mit seinem freund Demone und spricht.*
    Demone, hie wöll wir herauß
    An den lufft sitzen für das hauß
    Und ein par stund vertreiben spet
    Und der lurtz spielen in dem bret.
    Das soll gelten ein becher wein.

DEMONES *der freundt, spricht.*
    Ja wol, das selbig muß ja sein.

DER REICH MANN *spricht.*
    Du mein knecht, schenck uns ein in kheim
    Und lauff denn eillend wider heim,
    Das man bereit die gasterey,
    Den besten wein anstechen sey!
    Den saal richt zu zu einem dantz
    Auff heint, zu leben frölich gantz,
    Und das es gentzlich fehl an nichten!

DER KNECHT *spricht.*
    Ja, herr, ich wil es als außrichten.

Der knecht gehet ab.

DER REICH MANN *spricht zum freundt.*
    Von erst fach wir an das lurtz-spil!

DEMONES *wirfft und spricht.*
    Ses, es, die gab ich geben wil.

DER REICH *wirfft und spricht.*
    Ich hab zinck drey, ich wil anfahen.

DEMONES *wirfft und spricht.*
    All zincken, den stein muß ich schlahen.

DER REICH *greifft in die seitten und spricht.*
    Und wenn ich soll die warheit sagen,
    Wie du mir hast den stein geschlagen,
    Da ist mir etwas gar von weitten
    Geschossen in die lincken seitten
    Und sticht mich sehr; o weh, weh mir!

DEMONE *der freundt, spricht.*
    Hecaste, ich mein, es traum dir.

DER REICH MANN *spricht.*
    Nein, mir traumbt nit; o laß uns zwen
    Wider hinein ins hause ghen!

DER FREUNDT *spricht.*
    Ja, doch thu ieder vor ein trunck.

DER REICH MANN *spricht.*
    Des trinckens hab ich schon genunck.
    Mir ist nit recht; laß mich ins hauß!

DEMONES *der freundt, spricht.*
    So kom! ich gib ietz quater taus.
    Drinn spilen wir die lurtz gar auß.

        Sie nemen das spilbret, gehen ab.

Actus II.

ECONOMUS *der haußvogt, geht ein, redt mit im selb und spricht.*
    Ich soll den abend und den morgen
    Meins herren gantzes hauß versorgen,
    Und was versaumbt wirdt spat und fru,
    Wil man als an mir kommen zu.
    Des hab ich mit magden und knechten
    Den gantzen tag ohn rhu zu fechten.
    Sie sind nachlessig und stüdfaul,
    Allein resch und hurtig im maul.
    Ich muß gehn schawen, was sie than.
    Ich sich sie vor dem hauß dort stan.
    Ey was steht ir all hie zu klaffen,
    Als ob ir gar nichts habt zu schaffen?
    Hat man noch nit abthan die fisch?
    Sucht alle ding hinzu zum tisch
    Und was ir habt zu schaffen mer,
    Ehe wann ich euch die haut zerper!
    Baldt kompt herein und volgt mir nach,
    Ehe das ich euch die lent zerschlach!

Der haußhalter gehet ein.

PHILEPANIS *der knecht, spricht zu Panocite, dem knecht.*
    Schaw! das sagt ich dir im anfang,
    Wir wurden allhie stehn zu lang
    Und werden drumb gehandelt wern.
    Schaw, lieber! wer kompt dort von fern?
    Fürwar ein erber dapffer monn
    Von kleidung und auch von person,
    Als sey er etwan ein legat
    Von keyserlicher mayestat.
    Ey bleib stehn! laß uns in recht sehen!

PANOCITUS *der knecht, spricht.*
    Ey kom! mich dunckt, er wöll uns nehen.

PHILOPANIS *der knecht, spricht.*
    Ey steh! ob er uns gleich anred,
    So gib ich antwort für uns bed.

DER GÖTTLICH LEGAT *kompt, spricht.*
    Ir knecht, ich bitt euch uberauß:
    Weist des reichen Hecasti hauß!

DER ERST KNECHT *spricht.*
> In dem hauß, ehrwirdiger herr,
> Want Hecastus und ist nit ferr.

DER LEGAT *spricht.*
> Er ist der recht, heist in herauß
> Zu mir her-kommen für das hauß!

DER ANDER KNECHT *spricht.*
> Unser herr ist ietzt nit da-heim.

DER LEGAT *spricht.*
> Wo ist er denn? sag mirs in kheim!

DER ANDER KNECHT *spricht.*
> Er ist zu einem freundt hingangen,
> Das er bey im vertreib die langen
> Zeit mit dem trincken und dem spil.

DER LEGAT *spricht.*
> O das ist warlich vil zu vil,
> Das man die thewren zeit für vol
> So unnützlich verzeren sol,
> Darinn man sich zu Gott solt senen,
> Aller wollust sich abgewenen,
> Weil nichts gwissers ist, denn der todt,
> Der doch kein gwisse stunde hot.
> Geht! heist mir sein weib herauß gehn!

DER ERST KNECHT *spricht.*
> Sie ist gleich in der küchen stehn
> Und richtet zu auffs aller-best.
> Mein herr wirdt haben heint vil gest.
> Ich wil gehn schawen, was sie thut.

Der knecht geht ab.

DER LEGAT *spricht.*
> O du schendtlich verfluchtes gut!
> Du zeuchst den menschen gar auffs irrdisch,
> Das er denckt an kein himelisch,
> Allein sündtliche lust erbaw.
> Itzt geht gleich auß dem hauß die fraw.

DIE FRAW *kompt und spricht.*
> Mein herr, nun seidt mir wille-kumb!

DER LEGAT *spricht.*
Mein fraw, Gott danck euch widerumb!

DIE FRAW *spricht.*
Wölt ir zu mir oder zum herrn?

DER LEGAT *spricht.*
Bey ewrem mann da wer ich gern.

DIE FRAW *spricht.*
Mein herr, ich weiß nit, wo er ist.

DER LEGAT *spricht.*
Weib, brauch kein lüg noch hinterlist!
Villeicht so wissens deine knecht.
Schick ein, das er in eilend brecht!
Für den höchsten könig er muß.
Wo er nit kem, müst er zu buß
Verlieren beide seel und leib.

DIE FRAW *spricht.*
O wie habt ir mich armes weib
Mit den heffting worten erschreckt
Und in die höchsten sorg gesteckt!
Ancilla, geh! heiß einen knecht,
Auff das er bald den herren brecht!
Lauff bald und schaw denn zu dem essen!

DER LEGAT *spricht.*
Die unnütz sorg hat dich besessen,
Umb das nachtmal prechtig zu geben,
Und weist nit, ob du wirst erleben
Den abendt, du und auch dein herr.

DIE FRAW *spricht.*
O das sey von uns beiden ferr!
Auff viertzig jar sind wir kaum alt.
Ir werdt uns schrecken nit so balt
Von unsern freuden mit dem todt.

DER LEGAT *spricht.*
Du thörichts weib, es ist ein spodt
Dein red; schaw! itzund kompt dein knecht.
Schaff, das er bald den herren brecht!

DER ERST KNECHT *spricht.*
Fraw, was wolt ir, das ich thun soll?

DIE FRAW *spricht.*

    Lauff und eilend den herrn holl!
    Sprich, das er eillend kom erheim,
    Wiewol er mirs verbot in gheim!
    Lauff eilend! und, Ancilla, du
    Richt den saal auff das köstlichst zu
    Mit döppichen in allen ecken!
    Strew graß und blumen, die wol schmecken,
    Und mach ein rauch von edlen würtzen!
    Auch, den gesten ir weil zu kürtzen,
    Laß bringen etlich seiten-spil!

ANCILLA *die magd, spricht.*

    Fraw, diß als ich außrichten wil.
    Seit nur ohn sorg und bleibt mit rhu!
    Als, was ir wölt, ich alles thu.

DER LEGAT *spricht.*

    Weib, was erfülst dein gantzes hauß
    Mit müh und arbeit uberauß,
    Wie du fülst deinen madensack
    Und denckest nit auff diesen tack
    An jenes, das ewige leben,
    Das Gott den seinen dort wirdt geben?
    Weil diß leben zergencklich ist,
    Gantz hinfellig wie kot und mist.
    Heint lebstu, morgen stirbestu gar.

DIE FRAW *spricht.*

    O lieber herr, es ist wol war;
    Wir aber sind noch frisch und jung.
    Im alter ist die buß noch gnung,
    Wenn wir schier streichen zu dem end.

DER LEGAT *spricht.*

    O weib, nerrisch anschleg das send.
    Du weist: der mensch ist staub und aschen.
    Wie wenn der todt dich thut erhaschen,
    Eh wann kompt deines alters stund?

DIE FRAW *spricht.*

    Ir schrecket mich auß hertzen grund,
    Das ir mir saget von dem todt.
    Iedoch was uns das glück und Gott
    Beschert hat, werden wir dermassen
    Durch den todt nicht so bald verlassen.
    Secht! dort kompt gleich mein herr zu hauß.

DER LEGAT *greifft in busen und spricht.*
So nem ich gleich mein brieff herauß,
Das ichs antwort dem reichen mann,
Ein antwort in darauff zu than.

DER REICH MANN *kompt mit dem knecht und spricht zum knecht.*
Sag! wer hat mich heim fodern than?

DER KNECHT *spricht.*
Sy, herr! ein herlich dapffer mann.

DER REICH MANN *spricht.*
Helt er sich rumredig und brechtig?

DER KNECHT *spricht.*
In red und geperd ist er mechtig.
Secht, herr! dort steht er bey der frawen.

DER REICH MANN *spricht.*
Ja, ich merck am ersten anschawen,
Das er ist gar ein dapffer mann.
Ich wil hin und in reden an.
Mein lieber herr, seyt mir wilkumb!

DER LEGAT *spricht.*
Und ich wünsch dir auch widerumb,
Als glück und heil wöll dir Gott geben
Und nach diesem das ewig leben.
Bistu Hecastus? sag mir an!

DER REICH MANN *spricht.*
Ja, ich bin gleich der selbig mann.

DER LEGAT *spricht.*
Der könig uber alle land
Der hat mich her zu dir gesand,
Für seinen richterstul zu kummen
Und von alle deinen reichthummen
Und auch von deinem gantzen leben
Ein klare rechnung im zu geben.
Zu warzeichn hab dir sein handtgschrifft,
So diesen handel gar betrifft!

DER REICH MANN *stößt den brieff von im, wil in nit annemmen und spricht.*
Der köng hat nichts mit mir zu schaffen,
Weder zu fordern noch zu straffen.
Derhalb mag ich mit meinem gut

Haben ein gantz frölichen mut.
Darff niemandt rechnung geben drumb.

DER LEGAT *geit im den brieff und spricht.*
Nem hin und schaw den brieff darumb!
Liß in! was du verstehest nicht,
Das gib ich dir weiter bericht.

DER REICH *thut den brieff auff und spricht.*
O herr, was ist das für ein gschrifft,
Die meinem hertzen schrecken stifft?
Dergleich ich sach in keinr cantzley.
Sicht, sams von Gott geschriben sey.

DER LEGAT *spricht.*
Was verstumpstu? den brieff hie ließ!
Gib wider antwort mir gewieß,
Was ich dem richter sagen sol!

DER REICH MANN *spricht.*
Mein lieber herr, die schrifft ist wol
Gestell und gar artlich punctirt.
Aber ich bin darinn verirrt
Und kenn weder buchstab noch wort.
Ich hab aber ein sone dort.
Derselbig der hat lang studirt,
Der mir den brieff außlegen wirt.

DER LEGAT *spricht.*
Ja wol, so heiß in kommen rauß!

DER REICH MANN *spricht.*
Knecht, eyl und geh hinein ins hauß
Und meinen jüngsten sone bring!
Sprich, ich dürff sein nötiger ding!

Der knecht geht ab.

DER REICH MANN *redt mit im selb und spricht.*
Angst, noth, schrecken kompt mir mit schmertz.
Mir hebt zu klopfen an mein hertz.
Mir zitern beide füß und hend.
Mein seitten sticht mich an dem end.
O ich armer, was soll ich thun?
Dort kompt fürwar mein jüngster son.
Der wirdt mich trösten an der stat,
Bald er den brieff gelesen hat.

PHILEMACHES *der jünger son, kompt und spricht.*
Glück zu, vatter! was bist betrübt?
Sag ursach, was dich darzu übt!

DER REICH MANN *spricht.*
O, es ist mir weh in der seitten.

DER JUNG SON *spricht.*
O vatter, so ist nit zu beiten.
Reck du mir bald dein zungen auß!

DER VATER *reckt die zungen auß, der sohn schawet die und spricht.*
O vatter, was wil werden drauß?
Gib! laß mich auch den puls begreiffen!
Gar schwach dir dein pulsadern pfeifen.
Es ist in der seitten das stechen
Und gfehrlich gnug, mag ich wol sprechen.
Der kranckheit wil ich bald rath thun.

DER REICH MANN *spricht.*
Mich truckt ein grössers, lieber sun!
Des höchsten königes legat
Hat mir bracht ein ernstlich mandat,
Ich soll für sein gerichtstul kommen
Und von allen meinen reichthummen
Im da ein klare antwort geben,
Wie ichs hab braucht in all meim leben,
Und hat mir geantwort ein brieff,
Der mich erschrecket hat so tieff,
Dieweil ich in nit lesen kan.
Des must du dich hie nemen an.
Lesen und sein verstandt erklern.

DER JÜNGST SON *spricht.*
Lieber vatter, von hertzen gern,
Dieweil ich kan fünfferley sprach
Und ich hab auch studirt, hernach
In beiden rechten doctorirt.
Darumb mir nichts verhalten wirt.
Ich wil dirs legen an den tag
Als, was der brieff innhalten mag.

DER LEGAT *kompt und spricht.*
Hecaste, sag! ist das der mann,
Der diesen brieff außlegen kan?

DER REICH MANN *spricht.*
Ja, eben der ist es gewiß.

DER LEGAT *spricht.*
So nim hin diesen brieff und liß!

Der son thut den brieff auff und lißt nit.

DER VATTER *spricht.*
Du stock, ließ her! wie, dast erstumbst?
Ließ laut! was hilfft mich, das du brumbst?

DER JUNG SON *spricht.*
Vatter, mich kompt ein grausen an.
Den brieff ich gar nit lesen kan
Und noch viel weniger verstehn.
All mein har mir gehn berge stehn.
Der brieff zeigt an ein göttling gwalt.

DER REICH MANN *spricht.*
O son, viel gelts hab ich bezalt
Für dich, das du hast gestudirt.
Dein kunst doch hie zu schanden wirt.
Schem dich vor diesem ehrlich mann!

DER LEGAT *spricht.*
Ob gleich dein son der schlifft nit kan,
Das ist nicht wunder, weil Gott hat
Selbert geschrieben das mandat,
Dich für sein richtstul geladen.

DER REICH MANN *spricht.*
Ach Gott, was hör ich für ungnaden?
Ich meint, du werst eins königs bot;
So bist du her gesandt von Gott.

DER LEGAT *spricht.*
Ja, eben Gott hat mich zu dir
Gesendt und das du solt mit mir
Kommen für sein strenges gericht
Und antwort geben, wie er spricht,
Von alle deinem leben auch,
So du gehabt hast in dem brauch
Durch auß und auß dein gantzes leben.

DER REICH MANN *spricht.*
>   Ach Gott, wie soll ich antwort geben?
>   Ich hab gar nie kein gutes than,
>   Wann ich bin noch ein junger mann.
>   Aber wenn ich kom in das alter,
>   Wirt ich ein bußfertig haußhalter.
>   Des ich über viel jar wol kam.

DER LEGAT *spricht.*
>   Weist nit? der mensch ist, wie ein blum
>   Und ein vergengklich wasserblasen.
>   Wenn der mensch meint, steh aller-masen
>   Gantz vest und sey versichert als,
>   So ligt der todt im auff dem hals.
>   Drumb rüst bald zu der antwort dich!

DER REICH MANN *spricht.*
>   Ir trenget hart mit worten mich,
>   Zu geben auff den brieff antwort.
>   Bestimpt mir noch kein zeit und ort!

DER LEGAT *spricht.*
>   So sag ich dirs: ietzt ist dein zeit.

DER REICH MANN *spricht.*
>   Sag! ist der weg dahin auch weit?

DER LEGAT *spricht.*
>   Gottes engel hant dich verklagt
>   Und dein böß leben angesagt.
>   Von dem teuffel und deim gewissen
>   Wirstu für den richtstul gerissen.

DER REICH MANN *spricht.*
>   Wer ist richter in dieser not?

DER LEGAT *spricht.*
>   Der allmechtig erschröcklich Gott,
>   Welchen förchten all creatur.

DER REICH MANN *spricht.*
>   Kündt ich nit das durch botschafft nur.
>   Außrichten, wenn ich ein andern sandt?

DER LEGAT *spricht.*
>   Nein, du must selber thun dein standt.

DER REICH MANN *spricht.*
Hab ich aber kein zeit noch frist?

DER LEGAT *spricht.*
Nein, heut dein letzter thermin ist.

DER REICH MANN *spricht.*
Weh mir! hilfft da kein gelt noch gut?

DER LEGAT *spricht.*
Miet und gab da nit helffen thut.

DER REICH MANN *spricht.*
Hilfft aber vor gericht kein bitt?

DER LEGAT *spricht.*
Ja wol, o mensch, mit nichten nit.
All solche ding sind dort verlorn.

DER REICH MANN *spricht.*
Weh mir, das ich ie bin geporn!
Wie kommet mir das unglück als
Ains tages her auff meinen hals!

DER LEGAT *spricht.*
Das solt du lang haben betracht.
Du aber hast es als veracht,
Wo mau dir sagt von Gots gericht.
Gieb antwort! ich wart lenger nicht.

DER REICH MANN *spricht.*
O ich bin gar in grosser angst.
Solt mich ja han bereittet langst
Zu dem erschröcklichen gericht.
Ich bitt, wölst unterlassen nicht,
Den brieff selb lesen, auff das ich
Dem antwort geb, der fordert mich.

DER LEGAT *list also.*
Die erst klaus also innen helt:
Gott hat deins lebens zeit gezelt
Und die auff einer wag gereicht
Und die gefunden gar zu leicht,
Drumb als ein richter durch sein schwert
Dich abgeschnitten von der erdt.
Der ander sententz lautet eben:
Mensch, gib rechenschafft von deim leben!

Du must sterbn des tages noch.
Das ist der innhalt schwer und hoch.

DER REICH MANN *spricht.*
So hör ich wol, das ich muß sterben.

DER LEGAT *spricht.*
Du hast nichts gwissers, denn verderben,
Und das noch den heutigen tag.

DER REICH MANN *spricht.*
Soll sterben ich, der doch vermag
So grosses gut, noch also jung
Und hab sehr guter freundt genung,
Ein schönes weib und liebe kind?

DER LEGAT *spricht.*
Schaw, was die ding dich helffen sind!
Merck! du must sterben diesen tag.
Antwort, was ich dem richter sag!

DER REICH MANN *spricht.*
Weh mir! sol ich und muß ie gehn?
Wie soll ich vor gericht bestehn?
Weh mir armen und ewig weh!

DER LEGAT *spricht.*
Folg ohn verzug und naher geh!
Ich wart dein vor des richters thor.
Laß mich nur nit lang stehn darvor!

Der legat geht ab.

DER REICH MANN *wint seine hend und spricht.*
O todt, o todt, wie sawr bist du
Eim gsunden menschen, der in rhu
Sitzt und grossen reichthumb vermag
Und hat gehabt all seine tag
Ehr und gwalt und allen wollust!
Ach mein seel, nun verlassen must
Dein kinder und dein liebes weib
Und auch dein jungen schönen leib,
Dein gute freund und gute gseln
Und für den gericht-stul dich steln,
Da du denn das tausentest theil
Nit kanst verantworten zum heil,
Da denn hilfft weder gelt noch schenck

Weder schmeichlen, list oder renck!
O das ich einen freunde fünd,
Der für mich für gerichte stünd
Und mir mein sach hülff füren auß!
Ich wil mein freundt suchen zu hauß,
Ob ich mit in möcht reden drauß.

Der reich mann geht trawig ab.

Actus III.

DER REICH MANN *geht ein, setzt sich und spricht.*
Selig ist der mensch, der sein leben
Fürt, das er Gott kan rechnung geben,
Wenn im der todt sein leben bricht
Und in Gott fordert für gericht!
Ich aber hab zu lang gewart.
Drumb peinigt mich mein gwissen hart.
Der helle forcht erschrecken mich.
Ob gleich gern buß wolt würcken ich,
So truckt zu hart mich mein kranckheit.
Der todt drowet mir die kurtzen zeit.
Ich wil gehn mein freund suchen heim,
Ob ich trost finden möcht bey eim.

DEMONES *sein freundt, kompt und spricht.*
Ich wil gleich zu Hecasti gan,
Sehen, wie es umb in thut stan.
Er gieng vor gleich schwach auß dem hauß.
Sich! dort geht er eben herauß.
Hocaste, sag! wie geht es dir?
Schmeckt dir der wein noch wie bey mir?
Wie stehts noch mit der seitten dein?

DER REICH MANN *spricht krencklich.*
O mein freund, schweig nur von dem wein!
Die kranckheit nimbt sehr uber-handt.
Auch hat eilend nach mir gesandt
Der öberst könig, dem ich eben
Soll vor seim richtstul antwort geben
Von allem meinen werck und wort.
Darumb bitt ich dich an dem ort
Umb beystandt vor diesem gericht.

DEMONES *der freundt, spricht.*
Ey, das laß dich anfechten nicht!
Ich wil trewlichen bey dir stehn.
Wann must du für den richter gehn?
Und wo ist er in dieser statt.
Der dich für in beruffen hat?

DER REICH MANN *spricht.*
Der richter ist der schröcklich Gott.
Zu dem muß ich gehn durch den todt.

Noch heint muß ich für diesen richter.

DEMONES *der freundt, spricht.*
    O das gericht ist vil zu schwer
    Und unmüglich menschlicher krafft,
    Weil sehr hart dieser richter strafft.
    Wers aber an eim andern ort,
    So wolt ich dich mit werck und wort
    Verlassen nicht und bei dir stehn.
    Hieher kan ich nit mit dir gehn.

DER REICH MANN *spricht.*
    Ist das die freundtschafft und die trew,
    Die ich bey dir sucht all tag new,
    Das du mich verlest in dem stück
    In meim aller-höchsten unglück?

DEMONES *der freundt, spricht.*
    Es gibts also die zeit und stat.
    Doch gib ich dir ein guten rat.
    Singenes und ander blutfreundt
    Die werden dir wo! rathen heint.
    Sag im nur, was dir liget on!
    Gehab dich wol! ich geh darvon.

SINGENES *der ander freundt, kompt und spricht.*
    Was unglücks ist in deinem hauß,
    Das so sehr weinen uberauß
    Dein weib und dein gantz haußgesind?
    Was ligt dir an? sag mir geschwind!

DER REICH MANN *spricht.*
    Ach ich bin gfodert für gericht.
    Nun hab ich keinen menschen nicht,
    Der mit mir züg und thet beystandt;
    Und wo mich ietzt verlest dein handt,
    Aller welt ich verlassen bin.

SINGENES *der ander freund, spricht.*
    Ey schweig! ich wil selb mit dir hin.
    Zu beystand ich bereittet bin.
    Wer ist der richter? sag mir klar!

DER REICH MANN *spricht.*
    Für Gott, den richter, muß ich dar
    Und dem von allem meinem leben
    In jener welt dort rechnung geben.

SINGENES *der freundt, spricht.*
> Als mir Gott helff, du jammerst mich,
> Das solch unglück geht uber dich,
> Darauß ich dir gar nit kan helffen.
> Thu dein weib und kinder angelffen!
> Was weib und kind nit mögn erlangen,
> Magstu durch dein reichtumb empfangen.
> Nem mit dir all dein gut und gelt,
> Das ietzt regiert die gantzen welt!
> Ich kan nicht mit dir heut noch morgen,
> Wil abr dieweil dein hauß versorgen.
> Wenn du bist auff die straß bereit,
> Biß zu dem thor ich dich beleit.

Singenes, der freundt, geht ab.

DER REICH MANN *spricht.*
> Wie bin ich armer so ellendt!
> Ach wie wanckel mein freunde sendt!
> So helffen eim die freunde sein.
> Ich wolt verschonn der söne mein.
> Aber nun müssens auff die strassen,
> So mich sonst all mein freundt verlassen.

Die zwen söhn kommen.

DER ELTER SON *spricht.*
> Wie-wol wir beid erwachsen sein,
> Noch dawert mich im hertzen mein,
> Weils dem vatter so ubel ghet.

DER JÜNGER SON.
> Mein hertz auch gantz betrübet stet.

DER REICH MANN *spricht.*
> Mein söhn, kompt her und helffet mir
> Auß meinen schweren sachen schir!

DER ELTER SON *spricht.*
> Hertz-lieber vatter, so wir beid
> Dir künden helffen auß hertzenleid,
> So wöll wir unser leben nit sparen.
> In kriegen bin ich wol erfaren.
> Kan ich dir helffen dieser zeit
> Mit meiner sterck und dapfferkeit,
> So wil ich geren für dich fechten.

23/48

DER JUNG SOHN *spricht.*
  Ich bin gelehrt in beiden rechten,
  Auch in der medicina sunst.
  Mit solcher meiner hohen kunst
  Wil ich dir helffen, wo ich kan.

DER REICH MANN *spricht.*
  Ir hertzen-lieben söhn, wolan!
  Ir lindert mir eins teils mein schmertzen,
  Gehnt anderst ewer red von hertzen.
  Sonst bin ich von freunden verlassen.
  Ich bitt euch: geht mit mir mein strassen
  Für das streng erschröcklich gericht!

DER ELTER SON *spricht.*
  Wer ist richter? verhalt uns nicht!

DER REICH MANN *spricht.*
  Der herr uber himel und erden.
  Vor dem wirdt ich gerichtet werden.

DER ELTER SON *spricht.*
  Dem richter kan niemandt entpfliehen.
  Durch welche strassen must du ziehen
  Zu dem erschröcklich strengen richter?

DER REICH MANN *spricht.*
  Ich zeuch zu dem grausamen schlichter
  Durch den todt die hart wüste straß,
  Die mir allzeit zu-wider was.

DER ELTER SON *spricht.*
  Ey vatter, was sagst? must du sterben?

DER REICH MANN *spricht.*
  Ja, heint des tags muß ich verderben,
  Wann der richter hat mich zitirt,
  Das gar kein auffzug helffen wirt.
  Ich bitt euch, lieben sön allbeid,
  Wölt mich in diesem hertzenleid
  Verlassen nit einig allein,
  Sonder beid mein geferdten sein,
  Mit mir tretten für das gericht.

DER ELTER SON *spricht.*
  O vatter, nein, das kan ich nicht,
  Weil von natur fleisch unde blut

Vor dem todt sich entsetzen thut.
Wil aber mein bruder mit dir,
Des hat er vollen gwalt von mir.
Ich wil noch lenger bleiben hie.

DER JÜNGER SON *spricht.*

Hertz-lieber vatter, ie und ie
So war dir mein gemüt geneigt,
Zu dienen, wie ich hab erzeigt.
Aber mit dir zu gehn in todt,
Das kan ich nit thun; helff dir Gott!
Nem mit dir dein leib-eigen knecht!
Zu den hast besser fug und recht,
Zu füren sie in todes gfahr,
Denn uns, dein son; ist das nit war?

DAS ELTER SON *spricht.*

Ja, mein bruder redt eben recht.
Laß dich beschützen deine knecht!
Laß uns dein söne lenger leben,
Das wir dein geschlecht mehren eben,
Das auch das erb nit werd verlorn!

DER REICH MANN *spricht.*

Mein sön, ich hab euch beid geborn,
Senfft gnug ernehret und erzogen.
Wirdt ich verlassen und betrogen
Von euch und auch veracht darmit?

DER JUNG SON *spricht.*

Vatter, wir verachten dich nit,
Sonder wir mögen nit mit gon.
Gehab dich wol! wir gehnt darvon.

DER REICH MANN *spricht.*

Weh, nun ist all mein hoffnung hin,
Weil ich von den verlassen bin.
Ich wil allen knechten im hauß
Zu mir all-da rüffen herauß
Und in allen gebietten schir,
Das sie auff sein, ziehen mit mir.

DER EIN KNECHT *kompt und spricht.*

Herr, hast uns gerüfft auß dem hauß;
Was wiltu, das wir richten auß?

DER REICH MANN *spricht.*
> Bringt silber, gelt und all mein schatz
> Zu mir herauß auff diesen platz!

DER ANDER KNECHT *spricht.*
> Herr, wir wöllens bringen gericht.

Die knecht gehnt beide ab.

DER REICH MANN *spricht.*
> Bald, bald! eilet und saumbt euch nicht!
> Nun muß ich auch mein liebes weib,
> Die mir so lieb ist, als mein leib,
> Umb hilft bitten; doch ist die sach
> Verlorn, das weibsbild ist zu schwach,
> Weil doch vorhin die starcken mann
> Vor dem tode erzittert han,
> Mein freund und auch mein sön vorauß.
> Mein weih geht eben auß dem hauß.
> Sie hat ein zornig angesicht.
> Doch weiß ich nicht, was ir gebricht.

DAS WEIB *kompt und spricht.*
> Mein mann, was bedeut, das du auß
> Dein schatz lest tragen auß dem hauß?
> Dich macht leucht unsinn din kranckheit.

DER REICH MANN *spricht.*
> Liebs weib, hab gedult kurtze zeit!
> Villeicht muß ich noch heint auffgeben
> Reichthumb, gewalt, ehr, gut und leben,
> Weil mir heint hat der göttlich bot
> Verkündet noch auff heint mein todt.

DIE FRAW *spricht.*
> Er schrecket mich auch mit dem todt.

DER REICH MANN *spricht.*
> Mein weib, so bitt ich dich durch Gott,
> Wölst durch den todt auch mit mir gehn,
> Vor dem gerichtstul bei mir stehn.

DIE FRAW *spricht.*
> Mein mann, ich kan dir helffen nicht.

DER REICH MANN *spricht.*
> Noch hab ich ie gut zuversicht,

Du werdest selb sterben mit mir,
Das ich hab einen trost von dir.

DIE FRAW *spricht.*
O der todt schreckt mich gar zu sehr.
Mit dir theil ich leib, gut und ehr,
Iedoch das ich beleih bey leben.
Reichliche almuß wil ich geben
Den armen letuhen gelt und brot,
Wenn du abscheidst nach deinem todt
Für dein seel, mein hertzlieber monn!
Gehab dich wol! ich gehe darvon.

Die fraw geht ab. Die zwen knecht bringen den schatz in ein truhen.

DER EIN KNECHT *spricht.*
Greiff zu, du fauler esel, her!

DER ANDER KNECHT *spricht.*
Der schatz der ist so marter-schwer

PLUTUS *der schreit im schrein.*
Wo wölt ir mich Plutum hintragen?

DER EIN KNECHT *spricht.*
Wir thun, wie uns der herr thut sagen.
Herr, secht! hie bringen wir den schatz.

DER REICH MANN *spricht.*
Setzt nider in auff diesen platz!
Plute, du aller sachen schlichter,
Du must heint mit mir für den richter.

PLUTUS *in der truhen spricht.*
Wie kan ich mit dir wandern hin,
Weil ich schwer, darzu stockblind bin?
Daheim wil ich wol mehr außrichten.

DER REICH MANN *spricht.*
Ich laß dich hinter mir mit nichten.
Must mit mir in ein ander hauß.
Mach dich bald auff und steig herauß!

PLUTUS *spricht.*
Ich geh nit rauß (das wiß fürwar!),
Zerschlügst du gleich die truhen gar.

DER REICH MANN *spricht.*
> Plute, kom! mir nahet der todt,
> Und wo du nit magst gehn im kot,
> So müssen dich mein knecht fein tragen.

PLUTUS *spricht.*
> Ey, schweig! thu mir nit darvon sagen!
> Ich hilff gar niemandt nach dem todt.
> Ich hab zu schaffen nichts bey Gott.
> Such mir nur bald ein andern herrn.

DER REICH MANN *spricht.*
> Geht! thut in schlagen und in kern
> Und schüt in auß der trüben raus!
> Ich wil bald nach hin gehn zu hauß.

Sie tragen den schatz ab.

DER REICH MANN *spricht.*
> O ich armer elender mann!
> Als trostes ich beraubet stan
> Mein kranckheit die nimpt hefftig zu.
> Im gwissen hab ich auch kein rhu.
> Die stund ist hie, ich muß dahin.
> Mit angsten ich umbfangen bin,
> Wenn ich denck an den richter streng,
> Wil werden mir die welt zu eng.
> Ich geh hinein betrübet hart,
> Wil schicken mich trawriger art
> Auff mein letzt klägliche hinfart.

Der reich mann geht auch ab.

Actus IIII.

DER REICH MANN *geht herauß mit all sein freunden und haußgesind und spricht.*
> Ir knecht, geht hin auff ebner straß!
> Tragt Plutonem sittlich, auff das
> Er nit von euch werde geletzet
> Und sich etwan wider mich setzet!
> Geht fort! thut euch umb nichsen gremen!
> So wil ein weil ich urlaub nemen.
> Hertzliebes weib, gesegen dich Gott!
> Ietzund scheid uns der bitter todt.

DAS WEIB *spricht.*
> Beleidt dich Gott, hertzlieber mann!
> Wem wilt mich arme witwe lan?
> Mein zeit wirdt ich einsam vertreiben,
> Gleich wie ein thurtelteublein bleiben.

DER JÜNGER SON *spricht.*
> Hertzlieber vatter, helff dir Gott,
> Weil uns scheidet der grimme todt
> Und wilt uns forthin waisen lassen!
> Gott der beleit dich auff der strassen!

DER REICH MANN *spricht.*
> Ir freund und nachbarn, gsegen euch Gott!
> Ietzt scheid ich von euch durch den todt.

DEMONES *der erst freund, spricht.*
> Hecaste, lieber freunde mein,
> Weil es ie kan nit anderst sein,
> Das du uns verlest durch den todt,
> So far hin und beleit dich Gott!

DER REICH MANN *kleglich spricht.*
> Ich bin verlassen von iederman,
> Muß allein für den richter gan.

SINGENES *der ander freundt.*
> Wir wöllen dich beleiten vor
> Und mit dir gehn biß zu dem thor.

DER REICH MANN *spricht.*
> O das ist gar ein kalter trost,
> Der mir schier all mein gmüt umb-stoßt.

Ich bin von euch allen verlassen.
Ach was kompt daher auff der strassen
Für ein solich grausam gerümpel,
Das von dem erschröckling gedümpel
Mir zittern beide füß und hend,
Sam wöll ich vergehn an dem end!

DER EIN KNECHT *spricht.*
Hecaste, lieber herr, durch Gott,
Fliecht! euch eilt hinden nach der todt.

DER REICH MANN *sicht umb und spricht.*
Ach weh, ach weh und immer weh!
Vor forcht und schrecken ich vergeh.

DEMONES *der erst freundt, spricht.*
Was vermeinst du mit dem gschrey?
Meinst, ie der todt verhanden sey?

DER ANDER KNECHT *spricht.*
Der Todt kompt dort grausamer gstalt,
Heßlich, wie man den teuffel malt.

SINGENES *der ander freundt, spricht.*
So geben wir die flucht darvon!

DER EIN KNECHT *spricht.*
Seit ir weiß, so werdt ir das thon.

DEMONES *der erst freundt.*
Schawt, schawt! wie laufft der Tod daher!

SINGENES *der freund, spricht.*
Fliecht, fliecht, eh es uns werd zu schwer!

Sie fliehen all.

DER ANDER KNECHT *spricht.*
Fliech, lieber herr! der Todt meint dich.

DER REICH MANN *spricht.*
Ach wo hin sol doch fliehen ich?
Es wil mir sein die welt zu eng
Vor dem Todt so grausam und streng.

Der reich mann fleucht auch.

DER TODT *kompt mit seim handtpogen und spricht.*
    Nun steh stiller, du loser mann!
    Auff dich ich schon gezilet han.
    Du must für das gericht zu Gott.

DER REICH MANN *spricht.*
    O du erschröcklich grimmer Todt,
    Laß mir doch noch ein monat frist!

DER TODT *spricht.*
    Kein monat lang zu harren ist.

DER REICH MANN *spricht.*
    Ich bitt: so laß mir frist auff morgen!

DER TODT *spricht.*
    Das thu ich nit; heint must erworgen.

DER REICH MANN *spricht.*
    So laß mir doch nur frist ein stund!

DER TODT *spricht.*
    Ein stund die sey dir noch vergund!
    Darnach so wil ich bey dir sein
    Und nemen dir das leben dein,
    Dein seel denn für den richter stellen,
    Ein strenges urtheil dir zu fellen.

Der Todt geht ab.

DER REICH MANN *spricht.*
    Ach Gott, wie graust mir vor dem todt!
    Der angstschweiß bricht mir auß vor not.
    Der sündt halb wirdt ich im gewissen
    Gemartert und hefftig gebissen.
    Von oben peinigt mein gesicht
    Das streng und erschröcklich gericht.
    Unden spert auff die hell den rachen,
    Mich zu verschlinden in den sachen.
    Derhalb muß ich in dieser quel
    Verzweiffeln beid an leib und seel,
    Weil ich kein trost von niemandt han,
    Der sich mein hie wil nemen an.
    Ach mein freundin, du edle Tugent,
    Die ich lieb hett in meiner jugent,
    Ich sich dich dort von ferrn kommen.
    Wirdt ich von dir nit auffgenommen,

So hab ich keinr hilff mehr zu hoffen.
All mein krefft haben sich verloffen,
Kan nit mehr auff mein füsen stehn,
Muß gleich in der trübsal vergehn.

DIE FRAW TUGENT *kompt und spricht.*
Ligt nicht dort der alt freunde mein,
Der mich liebt in der jugent sein,
Ehe er kam zu grosser reichthumb?
Ich muß ansprechen in darumb.
Hecaste, dir sey glück und heil!

DER REICH MANN *spricht.*
Ich dörfft wol, das mir wurd zu theil
Glück hett ich nie bedörfft so wol,
Weil ich steck alles unglücks vol.

DIE TUGENT *spricht.*
Mein Hecaste, was felet dir?

DER REICH MANN *spricht.*
Der bitter Todt der nahet mir,
Von dem kan mir kein mensch gehelffen.
Zu dir thu ich schreyen und gelffen,
Das du mir helfst, du edle Tugent!

DIE TUGENT *spricht.*
Ja, du hast mich lieb in deinr jugent.
In deim reichthumb wurdt ich veracht.
Des bin ich mat und gar verschmacht.
Wie kan ich denn vor Gott so schwach
Dir gut machen dein böse sach?

DER REICH MANN *spricht.*
Ja, ich bekenn mein missethat.
Doch bitt ich dich umb hilff und rat,
Dieweil ich sonst bin gar verlassen.

DIE TUGENT *spricht.*
Dein bitt beweget mich dermassen,
Das ich mich ergib dir zu helffen.
Doch muß ich vor umb hilff angelffen
Fides, mein schwester, die vor Gott
Dich kan erretten in der not.
Von dir wil ich nit lang auß sein.

Laß tragen dich ins hauß hinein!
Laß hollen dir ein priester dort,
Der dich tröste mit Gottes wort!
Ich wil den Glauben, mein schwester, bringn.

DER REICH MANN *spricht.*
O edle Tugent, mit den dingen
Hast mich getröst, gnad zu erwerben.
Nun wil ich dester senffter sterben.
O liebe Tugent, kom bald wider!

Die Tugent geht ab.

O weh mir armen, das ich sieder,
Weil ich die reichthumb hab empfangen,
Bin ich dem wollust angehangen
Und hab die Tugent von mir jagt,
Die mir ietzt allen trost zu-sagt,
So sonst aller welt trost ist auß!
O das ein knecht kem auß dem hauß,
Der mich doch tragen hülff hinein!
Wil denn heint keiner bey mir sein?

Die zwen knecht kommen.

DER EIN *spricht.*
Wir haben gehört, o herre mein,
Das kleglich seufftzen und weinen dein,
Das wir mit dir trawren dermassen.

DER REICH MANN *spricht.*
Wie habt ir mich so gar verlassen
In meiner aller-grösten not?

DER ANDER KNECHT *spricht.*
Uns hat erschröckt der bitter todt,
An den wir sonst verbringen weren
Als, was du thust von uns begeren.

DER REICH MANN *spricht.*
So tragt mich in das hauß hinein!
Gebt mir ein kalten trunck wassers ein,
Das ich erfrisch mein krafftloß hertz,
Umbgeben mit sorg, angst und schmertz,
Und sagts auch meinen sönen an,
Zu suchen ein gelerten mann,
Der mich tröste mit Gottes wort!

Nun hebt mich auff und tragt mich fort,
Hinein an mein begertes ort!

Actus V.

DER JÜNGST SON *spricht.*
> Mein bruder, mir ist warhafft kund,
> Unser vatter wer nicht mehr gsund,
> Sonder es werd sein letztes end.

DER ELTER SON *spricht.*
> Du knecht, so lauff du hin behend!
> Bring den priester Jeronimum!
> Sprich zu im, das er eilent kum,
> Dem vatter bring das sacrament
> Und in tröst an dem letzten endt!
> Und lauff nach dem ins schreiners hauß!
> Bring die bar hinden in das hauß!

DER KNECHT *spricht und laufft ab.*
> Junckher, ich wils außrichten fein.

DER ELTER SON *spricht.*
> Bruder, sag her die meining dein!

DER JÜNGER SON *spricht.*
> Ja, du meinst auff die vorig red,
> Da wir vom erbfal redten bed.
> Du vermeinst mich unter-zu-stauchen,
> Der besten erbstück dich zu brauchen
> Nach unsers lieben vatters todt.
> Das würd ich leiden nit bey Gott.
> Ich wolt eh mit dir rechten schlecht.

DER ELTER SON *spricht.*
> Was geht mich an dein stinckents recht?
> Du foß, meinst ich solt mit dir rechten,
> Weil du kanst mit der federn fechten?
> Ey ich kan fechten mit der klingen.

DER JÜNGER SON *spricht.*
> Wie? wolst mich mit droworten zwingen?
> Ob du geleich ein kriegßmann bist,
> Doch müssen wir zu dieser frist
> Die sach mit zanck nit tragen auß.

Der priester ist schon in dem hauß.

DER ELTER SON *spricht.*
  So bleibs also! laß uns all zwen
  Wider hinein zum vatter ghen,
  Das in nit uberred der pfaff,
  Das er viel in die klöster schaff,
  Auch andern armen viel zu geben!

DER JÜNGER SON *spricht.*
  Not ist uns, auff-zu-schawen eben.
  Die pfaffen können das gewiß,
  Das in gar nicht abrin ir spiß.
  Drumb laß uns gehn und hören zu!
  Schaw, bruder! schaw! es stehnt dort zwu
  Frawen gantz engelischer gstalt,
  Wie man der heiden göttin malt.

Da kompt der Glaub und Tugent.

DIE TUGENT *spricht.*
  Lieb schwester, der mann verzagt,
  Von dem ich dir vor hab gesagt,
  Der hat in seiner blüenden jugent
  Sehr vast geliebet mich fraw Tugent,
  Biß er in grosse reichthumb kam,
  Da all sein lieb gehn mir abnam
  Und thet in allen lastern verderben.
  Ietzt aber muß er eilend sterben.
  Hab ich mich ie erbarmet sein
  Und bitt dich, liebe schwester mein,
  Durch die Gottes barmhertzigkeit,
  Wölst im in seiner letzten zeit
  In seinen nöthen bey-gestehn
  Und mit im für den richter gehn,
  Das im gestilt werdt Gottes zorn,
  Das der arm sünder nit werd verlorn,
  Für den Christus vergoß sein blut.

DER GLAUB *spricht.*
  Mein schwester, ja, es wer wol gut.
  Wie kan ich dem gottlosen mann
  Aber mein geistlich hilffe than,
  Der in alm wollust ist versuncken
  Und allen lastern gar ertruncken
  Und mich den Glauben gar veracht,
  Gottes wort verspott und verlacht?

Weil ich doch nichts schaff an dem ort,
Es sey dann vor das Gottes wort,
Das im erleucht sein sündig hertz
Und ziech es frey zu Gott auffwertz.
Drumb wo der arme sünder hett
Ein priester, der im verkünden thet
Gottes huld, güte und genaden,
Als denn wirdt ich zu im geladen,
So anders Gott mit würcken wolt.

DIE TUGENT *spricht.*
    Ja, schwester, es ist war, du solt
    Mit mir gebn in das hauß hinein,
    Ein priester wirdt schon dinnen sein,
    Eh uns fürkom der teuffel heint,
    Auch der Todt, unser beider feindt,
    Das der kranck kein schaden empfach.

DER GLAUB *spricht.*
    So geh voran! so folg ich nach.

        Sie gehnt beid ab. Da beicht der kranck dem priester heimlich, so kompt.

DER TEUFEL *und spricht.*
    Ich wil ein weil daniden sitzen,
    Das ich beschreib mein sach mit witzen,
    Was übel dieser reich hat than.
    Hört auch zu, ir frawen und mann!
    Last ab von sünden und boßheit,
    Das ich euch auch nit mit der zeit
    Müß schreiben ein register lang!
    Ich schreib: Hecastus im anfang
    Ist ein wuchrer und ehebrecher,
    Ein brechtig mann und ein weinzecher,
    Ein spiler, hasser und ein neider,
    Ein gottslestrer und ehr-abschneider
    Und ein untertrucker der armen,
    Den sein nechster nit thet erbarmen.
    Das ander wil ich stillschweigent schreibn,
    Auff das es mög verschwigen bleiben
    Bey mägd und knechten in dem hauß,
    Die alle ding sonst waschen auß.

DER PRIESTER *steht auff von dem krancken und spricht.*
    Weil du dein sünd nun hast gebeicht,
    So muß dir werden auch gereicht,
    Mein Hecaste, vor deinem endt

        Das heilig wirdig sacrament,
        Wo du anderst gelaubest recht.

DER REICH STERBENT *spricht.*
        Ich glaub die zwölff artickel schlecht
        Des glaubens, das sie all sind war.

DER PRIESTER *spricht.*
        Das ist aber der glaub nit gar,
        Sonder allein ein stück darvon.
        Der teuffel das auch glauben kon,
        Dardurch aber nit selig wirt.
DER REICH STERBENT *spricht.*
        Mein herr, den glauben mir declalirt,
        Welches der war christlich glaub sey,
        Der uns mach von den sünden frey,
        Das mein gwissen darauff berhu!

DER PRIESTER *spricht.*
        Merck fleissig auff und hör mir zu!
        Gelaubstu Christum sey geborn
        Auff erd, dir zu gut mensche worn
        Und dir zu gut auch sey gestorben,
        Dir bey dem vatter huld erworben
        Und aufferstanden von dem todt,
        Das du versönet seyst mit Gott,
        Dort ewigklich mit im zu leben?

DER REICH STERBENT *spricht.*
        Ja, ich gelaube wol und eben,
        Das Gottes son ist mensche worn,
        Hab uns versönt das vatters zorn,
        Das selb aber allein den frommen,
        Die sein gebot und wort nach-kommen
        Und geistlich thun viel guter werck.
        Ich aber hab der sünden berck
        So uber-schwer auff mich geladen,
        Das mich Gott gar nit kan begnaden,
        Wann er ist gar gerecht und streng.

DER PRIESTER *spricht.*
        Merck! hestu aller sünden meng
        Auff dieser gantzen erden than,
        Dennoch solt du kein zweiffel han
        An der Gottes barmhertzigkeit.

DER REICH STERBENT *spricht.*
> Die schrifft aber gezeugknus geit
> Der Gottes erschröcklichen straff,
> Die Sodom und Gomorra traff,
> Pharaonem und ander mehr.

DER PRIESTER *spricht.*
> Hecaste, merck recht auff mein lehr!
> Diß sind gewest unglaubig heiden.
> Uns Christen ist bessers bescheiden.
> Wir haben den heiland Christum,
> Der aller welt sünd auff sich num
> Und für uns Christen hat getragen.
> Darumb kein sünder sol verzagen,
> Wie groß ist seiner sünde schar.

DER REICH STERBENT *spricht.*
> Herr, sind ewer wort gwiß und war?

DER PRIESTER *spricht.*
> Ja, Christus ist allein zu frommen
> Dem sünder her auff erden kommen.
> Der gsund bedarff keins artzets nicht,
> Wie Jesus Christus selbert spricht,
> Wann Gott hat die welt lieben thun,
> Das er seinen einigen sun
> Her gab, das er mensch würt geborn,
> Auff das gar niemandt wurt verlorn
> Von den, so an in glauben eben,
> Sonder betten das ewig leben.
> Schaw zu! das beut dir Christus an,
> Der ie warhafft nit liegen kan.
> Gelaubstu das in deinem leben,
> So sind dir all dein sünd vergeben
> Und ist gestilt der Gottes zorn.

DER REICH STERBENT *spricht.*
> Erst dunckt mich, ich sey new geborn.
> Gott sey ewig lob, preiß und ehr!
> Mein gwissen beist mich gar nit mehr.
> Doch förcht ich noch das schrecklich bild
> Des todtes und des teuffels wild.
> Die werden nit lang aussen sein.

DER PRIESTER *spricht.*
> So halt zu Christo dich allein!
> Tritt herzu, du christlicher Glauben!

Laß in des schatz nicht mehr berauben!
Und du, Tugent, auch zu im kumb,
Biß ich auch her kom widerumb!
Schützt in, so teuffel und der todt
In anfechten in letzter not!

Nach dem tritt der Glaub und Tugent zum krancken; so kompt auch.

DER TODT *und spricht zum teuffel.*
Sathan, was wartst du in dem hauß?

DER TEUFFEL *spricht.*
Das ich möcht etwas bringen rauß.
Wie lang muß ich dein warten da,
Du langsam böse bestia?

DER TODT *spricht.*
Bin ich gewesen denn zu lang?

DER TEUFFEL *spricht.*
Hast nit gesehen in deim eingang
Den dicken dieb, den schelming pfafen?
Der hat mit seim schwatzen und klaffen
Den krancken mir auß den zenen gnumen,
Dieweil du bist zu langsam kumen,
Du undanckbar schelmiges thier!
Dein gwart und macht hast du von mier.
Als ich felt das menschlich geschlecht,
Erwarbstu, Todt, erst dein erbrecht.
Des bist doch gantz undanckbar mir.

DER TODT *spricht.*
Viel tausent menschen bring ich dir.
Bringstu ir gleich nit viel darvon,
Für das selbing ich nichtsen kon.
Was du trist, muß ich dir vor kewen.
Seit-her gestorben ist in trewen
Christus für sein glaubige schar,
Ist unser reich zerstöret gar.
Vor hett ich den gewalt von Gott,
Ich bracht leib ond die seel in todt;
Ietzund darff ich den leib kaum tödten,
Die seel darff ich gar nichts mehr nöten.

DER TEUFEL *spricht.*
Es ist war, liebe schwester mein!
So laß wir unser klagen sein,

Weil ist zu wider-bringen nicht!
Ich wil versuchen den bößwicht,
Ob ich in mit listigen dingen
Noch möcht in die verzweiflung bringen.
Ich wil gehn dückisch an in setzen.

DER TODT *spricht.*
Ja geh! ich wil mein pfeil vor wetzen,
Auff das ich im sein leben brich,
Darauff er ubel förchtet sich.

Der Todt geht ab.

DER REICH MANN *spricht.*
Du sterckest mich wol, lieber Glaubn!
Thut mich der Todt meins lebens raubn,
Meinst, ich werd wider erstehn zum leben?

DER GLAUB *spricht.*
Ja, zum letzten gerichte eben
Werden all todte aufferstehn
Und die christglaubigen eingehn
Mit Christo in seins vatters reich.

DER REICH MANN *spricht.*
Noch ist der todt mir erschröckleich.

DER GLAUB *spricht.*
Der todt wirdt dir nur sein ein schlaff,
Dem unglaubing ist er ein straff.

DER REICH MANN *spricht.*
Ich förcht mich auch vor dem Sathan.

DER GLAUB *spricht.*
Nichts args er dir zu-fügen kan.
Ich wil in wol treiben von dir.

DER REICH MANN *spricht.*
Schau, schau, was grausams kompt zu mir!

Der teuffel schleicht hinzu.

DER GLAUB *spricht.*
Was wilt du thun, du bluthund?
Weich von uns in der helle grund!

DER TEUFFEL *spricht.*

> Ich weich nit; dieser mann ist mein.
> Umb die groß ubertrettung sein
> Schaw du mein schuld-register an!

DER GLAUB *spricht.*

> Das hat bezalt ein ander mann,
> Jesus Christus, der Gottes son,
> Welcher genug für in hat thon,
> Erworbn im ewiges leben.
> Demselben hat er sich ergeben
> In rhew und leid durch waren glauben,
> Des du in nicht mehr kanst berauben.
> Weich ab! kein theil hast an im nicht.

DER TEUFFEL *spricht.*

> Ich wil in vor dem strengen gericht,
> Vor dem zorning richter verklagen.
> Der wirdt das recht mir nit versagen,
> Sonder der sünde sein ein recher.

DER GLAUB *spricht.*

> So hat er ein trewen fürsprecher,
> Jesum Christum, der in vertritt
> Und auch den vatter für in bitt,
> Das du auch nichts außrichten kanst.

DER TEUFFEL *spricht.*

> Solt ich dir zerreissen dein wanst,
> Du feindselig schendtlicher Glaub?
> Du entpfürst mir sehr grossen raub,
> Viel ettlich hundert tausent seel,
> Die sonst mein weren und der hell.
> O das ich mich an dir köndt rechen!

DIE TUGENT *spricht.*

> So mus man dir dein boßheit brechn,
> Du neidiger unreiner geist!
> Dem menschlich gschlecht viel dück beweist
> Und es stetigs abfürst von Gott.

Der Todt geht ein.

DER TEUFFEL *spricht.*

> Ietzunder kompt auch gleich der Todt.
> Wirst gleich so viel schaffen als ich.
> Den schendtling pfaffen ich wider sich

Mit seiner püchsen, wirdt der-gleichen
Dem krancken menschen itz dar-reichen
Die waren lebendigen speiß,
Die in beleit ins paradeiß.
Ich wil stehn und sehen, was der
Todt an dem krancken gwinnen wer.

DER TODT *tritt ein, spant seinen pogen und spricht.*
Ietzt ist die zeit, das ich gewiß
Mein pfeyl in den Hecastum schis.
Thu auff, thu auff das fenster dein,
Auff das ich schieß mein pfeil hinein!
Ich verschon weder jung noch alt.

DER GLAUB *spricht.*
Du bößwicht brauchst ietzt dein gewalt.
Kom her! üb all die kreffte dein!
Doch wirst du im unschedlich sein.
Ob du in bringst gleich in das grab,
Das er rhu von den sünden hab,
Wirdt er doch widerumb erstehn,
Mit allen außerwelten gehn
Am jüngsten tag zum ewing leben,
Darzu du in hie forderst eben.
Derhalb er sich nit förcht vor dir,
Weil er sich hat ergeben mir.
Welch mensch aber den glaubn nit hat,
Der ist gen dir forschsam und mat.
Denselben magst wol hart erschrecken.

DER TODT *spricht.*
Ich wil im wol ein forcht einstecken.
Ich wil den Sathan zu mir nemen,
Ob ich in auch mit möcht beschemen.

Der Todt gehet ab.

DER PRIESTER *kompt und spricht.*
Hecaste, hast gehört die that,
Wie der Glaub für dich kempffet hat?
Nun hast du auch das sacrament.
So bald du nimbst ein selig end,
So füren dich die engel blos
Dahin ins Abrahames schos.
Darffst fürbaß förchten kein verderben.

DER REICH MANN *spricht.*
    Aller-erst wil ich geren sterben,
    Dieweil der Herre Jesu Christ
    Mein warer heiland worden ist.
    Glaub und Tugent, ich bitt durch Gott:
    Verlast mich nit in letzter not!

DER GLAUB *spricht.*
    Hecaste, ich verlaß dich nicht
    Hie noch vor dem strengen gericht.

DIE TUGEND *spricht.*
    Ich wil auch nit weichen von dir.

DER REICH STERBENT MANN *spricht.*
    Nun mag der Todt kommen zu mir
    Und in mich schlössen seinen stral!
    Ich fürcht in nichts mehr uberal.

DER TODT *spricht.*
    Wo ligt der stoltze kranck mit pracht,
    Der mich und meine pfeil veracht?

DER GLAUB *spricht.*
    Da ist er; es ist kein hoffart,
    Sonder des rechten glaubens art,
    Das er, Todt, fürcht nit dein verderben.

DER TODT *spricht.*
    Hecaste, wilt du geren sterben?

DER REICH STERBEND *spricht.*
    Ja, ja.

DER GLAUB *spricht.*
    Antwort nur keck! du wirst gesiegen.

DER REICH STERBEND *spricht.*
    Mir wil geleich mein sprach verliegen.
    Dich, Todt, förcht ich nicht uberal,
    Fürcht auch nit deine todten-stral.

DER TODT *spricht.*
    Sag an! warauff verlest du dich?

DER REICH STERBENT *spricht.*
    Auff den glauben verlaß ich mich

Und frew mich auch zu sterben eben
Mit Christo, dort ewig zu leben.

DER TODT *spricht.*
Dennoch wil ich dein leib erhaschen,
Brechen und machen gar zu aschen.

DER REICH STERBENT *spricht.*
Ob gleich mein leib fault in der erd,
Ich widerumb erwecket werd.
Ich zeuch dahin, ich bin todschwach.

DER GLAUB *spricht.*
Hecaste, heb an! sprich mir nach:
Mein geist befilh ich in dein hend!

DER REICH STERBEND *spricht.*
Mein geist befilh ich dein hend.

DER GLAUB *spricht.*
Nun greiff an, du grausamer Todt!
Mach erpleichen sein munde rot!
Brich sein augen! erstarr sein hend
Und streck in auß an alle end!
Sein geist der leb dort ewigkleich
Mit Christo in seins vatters reich!

DER TODT *steht ob im und spricht.*
Du irrdisch fleisch, duck dich und stirb!

DER TEUFFEL *spricht.*
Vor neid und haß ich schier verdirb.
Das mein und auch des todes banden
Der Glaub macht also gar zu schandten.
Wir haben beid den kampff verlorn
Und faren auß mit grossem zorn.

Sie gehnt auß, der Glaub, Tugent, Todt und Teuffel.

DER ERST KNECHT *kompt und spricht.*
Ir freündt und nachbarn, kompt herein!
Helfft ewren Hecastum bewein!

DEMONES *der erst freundt, kompt und spricht.*
Was? ist denn der Hecastus todt?

DER KNECHT *spricht.*
  Ja, er ist hin; genad im Gott!

SINGENES *der ander freundt, kompt und spricht.*
  Ist er todt? sag an! wenn werden
  Wir in bestetten zu der erden?

DEMONES *der erst freundt, spricht.*
  Ja, wer köndt doch das trawren lan
  Umb ein so jungen reichen mann,
  Der hinfort in sein jungen tagen?

SINGENES *der freundt, spricht.*
  Sein schnellen todt thu ich nur klagen.
  Ey, wo sind sein weib unde kind?

DER ANDER KNECHT *spricht.*
  Sie allesam versamelt sind
  Bey der leych dinnen in dem hauß.
  Schaw! ietzund kommen sie herauß
  Mit grossem weinen und wehklagen,
  Man wirdt in bald zu grabe tragen.

Die fraw und söhn gehnt ein, weinen.

DEMONES *ir freund, geit ir die hend und spricht.*
  Epicuria, liebe freundin mein,
  Gott tröst dich in der trübsal dein!

DIE FRAW *spricht.*
  Ich armes weib verlassen bin.
  Mein lieber gmahel ist dahin.

SINGENES *der ander freundt, spricht.*
  Wir sind beraubt unsers freunds dagegn.
  Wir wölln all trawer-kleider anlegn,
  Das man die leicht zum grabe trag
  Ehrlich auff den morgigen tag.

DEMONES *der erst freundt, spricht.*
  Ein köstlich grebnus wir zurichten.
  Den unkost wir sparen mit nichten.
  Wolt warhafft tausend gülden geben,
  Das Hecastus noch wer bey leben.

DER ELTER SOHN *spricht.*
  Ich muß weinen und seufftzen sencken,

Wenn ich meins vatters thu gedencken.

DER JÜNGER SON *spricht.*
    Ach, wer wolt aber nit bewein
    Den hertzen-lieben vatter mein?

DIE FRAW *spricht.*
    Ach Gott, ach Gott, wie soll ich than
    Umb meinen lieben frommen mann?

ANCILLA *spricht.*
    Ach, ach des frommen herren mein!
    Ach, wer möcht doch umb in nit wein!

DIE FRAW *spricht.*
    Ach, wie freundtlich war sein angsicht,
    Lieblicher gstalt und gar rößlicht!
    Wie ist sein rotter mund erplichen
    Und all sein krefft von im gewichen!
    Wie sind all sein glieder verdorben!
    Ach das ich wer für in gestorben!
    Ach grimmer todt, wie scheidst selbander
    Die aller-liebsten von einander!

DER PRIESTER *spricht.*
    Liebs weib und kindt, weint nit so sehr,
    Als ob er hett kein hoffnung mehr,
    Als ander ungläubige beiden!
    Uns Christen bessers ist bescheiden.
    Weil Christus selb ist aufferstanden
    Am dritten tag auß todtes banden,
    Wirdt er auch zu der letzten zeit
    Aufferwecken mit herrligkeit
    Alle die seinen Gottes kind,
    Die im glauben entschlaffen sind.
    Derhalben so thut alle buß!
    So wirdt euch an dem end Christus
    Alle erwecken von dem todt,
    Das ir dort ewig lebt bey Gott.

DER JÜNGER SON *spricht.*
    Ja, ir sagt recht, bey meinen trewen.
    Wir wölln nit klagen, sonder uns frewn
    Mit unserm vatter in Gott verschieden,
    Der nun rhuet und ist zu-frieden
    Von allem zergengklichn irrdischen
    Und lebet nun in den himlischen.

Drumb, lieben freundt, kompt all herein!
So wöll wir zimlich frölich sein
Mit einander das nachtmal essen,
Trawren und das weinens vergessen
Und wölln Gott lobn und seinen namen,
Das er uns auch geb allen-samen
Ein christlich end! Sprecht alle Amen!

Sie gehnt alle in der ordnung ab.

DER EHRNHOLD *beschleußt.*
    O christen-mensch, diese barabel
Laß dir im hertzen sein kein fabel,
Sonder bedenck hertzlich darbey,
Wie ungewis die stunde sey
Des todtes, das du von deim leben
Dort must ein schwere rechnung geben
Vor dem strengen Gottes gericht,
Da dich niemand schützt noch verspricht,
Es sey denn, das du hast gehort
Das heilig thewer Gottes wort,
Das ware evangelium,
Welches den glauben in Christum
In dir krefftig gewürcket hat!
Der selbig glaub dich nit verlat,
In todtes nöthen dich verficht,
Steht dir auch bey in dem gericht.
Derhalb, mensch, die zeit nit versaum!
Die axt die ligt schon an dem baum.
Würck buß und kere dich zu Gott,
Auff das dir nach dem leibling todt
Dort ewigs leben aufferwachs!
Das wünschet uns allen Hans Sachs.